REFLEXIONS

SUR UN IMPRIMÉ

INTITULÉ

LA BATAILLE DE FONTENOY,

POEME;

Dédiées à M. DE VOLTAIRE, Historiographe de France.

MONSIEUR,

LA réputation, dont vous jouissez à juste titre dans toute l'Europe, d'un des plus grands génies que la France ait produit, vous attire cet hommage de ma part. Votre nom est un passe-port pour la postérité; & il est tout naturel que j'aye cherché à décorer cet petit Ecrit d'une pareille recommandation. N'appréhendez cependant pas, que sur le ton des pesantes Dédicaces, j'aille vous endormir du récit de vos propres louanges. Accoutumé que vous êtes à distribuer l'encens aux Héros & aux Dieux, vous feriez peu de cas de celui que vous offriroit un inconnu.

Mon dessein est tout différent. Après avoir été assez téméraire que de me déplaire à la lecture de votre dernier Poëme, j'ai conçû le singulier projet de vous en faire la confidence; & j'ai assez bonne opinion de votre droiture

& de votre générosité pour être persuadé que vous ne vous offenserez ni de l'un ni de l'autre. Au reste, Monsieur, ne vous en prenez qu'à vous-même si nous sommes devenus si difficiles : ce sont vos Ouvrages qui nous ont gâtés. On peut bien vous appliquer ce que S. Evremond dit de Corneille : Vous êtes si admirable dans vos belles productions, que l'on ne vous souffre point ailleurs médiocre.

Rem. sur les pensées de Pascal.
Mélanges de Littérature & de Philosophie.
Temple du Goût.

D'ailleurs, c'est vous qui nous avez montré l'exemple. Vous nous avez appris dans un âge encore tendre, à citer au tribunal de la raison, les Ouvrages & la réputation du grand *Pascal*. Nous n'avons pas oublié avec quelle universalité de talens, vous avez décidé de toute la Littérature Angloise dans vos *Mélanges*, & de toute celle de la France dans votre *Temple du Goût*. Nous sçavons avec quel généreux désintéressement vous avez *déchiré* dans ce dernier Ouvrage, *les trois quarts d'un gros Recueil d'Oeuvres posthumes de la Fontaine*. Nous n'ignorons pas avec quelle exactitude & quelle précision vous avez *réduit Marot à sept ou huit feuillets, & Voiture & Sarrasin à quelques pages*. Nous nous rappellons encore avec quelle finesse vous avez tempéré les louanges de *Rollin*, & avec quelle intrépidité vous avez averti que, *quoique en robe on l'écoutoit, chose assez rare à son espece*. Nous nous ressouvenons avec quelle grandeur d'ame, vous avez *jetté au feu Surena, Pulcherie, Agesilas*, & avez contraint le *grand Corneille*

Temple du Goût.

> A sacrifier sans foiblesse
> Tous ses Enfans infortunés,
> Fruits languissans de sa vieillesse,
> Trop indignes de leurs aînés.

C'est vous aussi, Monsieur, qui nous avez appris à distinguer l'aimable *Auteur des Mondes & de l'Histoire de l'Académie des Sciences*, de *l'Auteur des Lettres du Chevalier d'Her, d'une passion d'Automne, &c.* Permettez-moi donc de suivre aujourd'hui vos exemples & vos préceptes, & de mettre aussi une grande différence entre l'Auteur de la *Henriade*, d'*Oedipe*, de *Zaire*, de *Mé-*

rope, &c. & l'Ecrivain de la *Princesse de Navarre* & du *Poëme de la Bataille de Fontenoy.*

Il n'y a que les grands Hommes dont les fautes méritent d'être relevées. Le vulgaire peut pécher inpunément ; ses fautes ne tirent point à conséquence. *Magis dicunt vitiosè, quàm acutè reprehenduntur.* Mais les défauts des grands Hommes sont contagieux ; c'est une maladie qui gagne. *Decipit exemplar vitiis imitabile.* *Quintil. Instit. lib. 5. c. 13.* *8. Hor. Epist. lib. Ep. 19.*

J'ai sans doute à me féliciter de ce qu'en attaquant aujourd'hui un homme de votre mérite, j'ai votre autorité pour le faire. Peut-être même pourrois-je dire de vous ce que vous dites de Pascal : que *c'est une consolation pour un esprit aussi borné que le mien, d'être bien persuadé que les plus grands Hommes se trompent comme le vulgaire.* *Rem. sur les pensées de Pascal.* Mais je m'en garderai bien : au contraire, je m'indignerai avec Horace de voir sommeiller l'Homère de nos jours, & je gémirai de ne pas rencontrer la perfection où je devois la trouver.

D'ailleurs, un intérêt plus fort que celui de la Poësie m'oblige à vous écrire ; c'est celui de la vérité. J'ai cru remarquer dans votre Ouvrage quelques réflexions hazardées sur un peuple qu'il sembloit que vous *respectiez* autrefois, & qui trouveroit aujourd'hui en vous un adversaire redoutable. Quelque disproportionné que soit le combat où je m'engage, & à quelque contraste que je m'expose, quand j'ose me mesurer avec vous, je le fais avec joye dans cette occasion. La réputation est la moindre des choses qu'un honnête homme doive risquer, quand il y va de la vérité. Au reste, quelques échauffés que soient les esprits par la dernière affaire, je vous fais trop d'honneur pour soupçonner seulement que cela doive vous mettre de mauvaise humeur. Je vous répeterai en tout cas vos propres paroles, & je dirai, qu'*il seroit absurde & cruel de faire une affaire de parti de quelques réflexions innocentes. On n'a d'autre parti que la vérité.* *Rem. sur les pensées de Pascal.*

Je m'adresserai donc d'abord à l'*Apollon du Parnasse François*, au digne successeur de Racine & de Corneille, & je me plaindrai à lui de lui-même. Je parlerai ensuite à l'Auteur de l'Histoire de Charles XII. de l'Essai sur le siécle de Louis XIV. enfin à l'*Historiographe de France* ; c'est-à-dire, à celui à qui son Roi a confié une plume d'or pour enregistrer ses propres exploits, & pour rendre justice même à ses ennemis. *Ne quid falsi dicere audeat, ne quid veri non audeat.*

Ciceron.

PLUS je considère votre Poëme, & plus je me confirme dans ma première idée. Tout de bon, seroit-ce une gageure? & de même que l'Orphée d'aujourd'hui s'est vanté, dit-on, de mettre en musique la Gazette; auriez-vous entrepris de la rimer? cela seroit un plaisant Opera. A quel propos, en effet, entasser cinquante-sept noms dans un Poëme de deux cens vers. J'approuve le généreux dessein que vous avez d'*arracher à l'oubli les ombres vertueuses de nos Héros, & de faire revivre leurs Exploits dans vos Chants.* Mais en vérité la chose est-elle possible dans le détail? n'est-il pas à craindre que l'oubli de quelques-uns ne fasse plus de mécontens, que cet éloge universel ne pourroit faire d'amis? De-là ces fréquentes éditions & ces notes multipliées. Dans votre Poëme les rangs sont plus pressés qu'ils n'étoient à *Fontenoy*. Tel Lieutenant Général est obligé de se serrer dans son Vers, & n'occupe pas quelquefois son quart d'Hémistiche, tandis que tel autre a les coudées franches, & se met à son aise aux dépens de ses voisins. En vérité, Monsieur, pour un Courtisan, vous n'y pensez pas; cette prédilection pourroit faire jaser.

Vous ne vous attendez pas, sans doute, que je fasse l'analyse de votre Poëme, & que j'y cherche un ordre & une méthode que vous avouez vous-même (*a*) n'y avoir pas mis. Ne craignez pas non plus que j'aille passer en revûe tous vos Vers, en éplucher chaque syllabe, & *peser des mots dans ma balance*; je ne parlerai ni de quelques tours prosaïques que l'on y remarque, ni de quelques inversions trop dures, ni même de quelques fautes de langue qui vous sont échapées. Je sçais trop d'après vous, qu'*il est des défauts heureux qu'on doit aimer.*

Temple du Goût.

Je suis charmé en commençant, d'avoir à vous remercier de la part de toute la France, du portrait avantageux

(a) *Monsieur de Voltaire dit qu'il n'a composé qu'à mesure que les Listes lui venoient.*

que vous faites de Monſieur de Saxe. Je ne trouve rien de plus grand, qu'un grand homme,

> . . . . Qui touchant à l'infernale rive,
> Rappelle pour ſon Roi ſon ame fûgitive,
> Et qui demande à Mars, dont il a la valeur,
> De vivre encore un jour, & de mourir vainqueur.

Mais qu'entendez-vous par *ce fier Saxon qu'on croit né parmi vous?* N'eſt-ce pas, que quoique M. le Maréchal de Saxe ſoit Saxon, il n'y paroît pas, & qu'il a tout-à-fait *cet air François, ſans lequel*, comme dit le Marquis du François à Londres, *un homme eſt à jetter par les fenêtres?* En vérité, je ne connois rien au-delà que le bon mot de ce Gaſcon, de joyeuſe mémoire, qui à Londres dans un bal, *trouvoit que Charles ſecond ne dançoit pas mal pour un Etranger.*

D'ailleurs, pourquoi ce grand Général diſparoît-il tout d'un coup dans votre Poëme? J'aurois voulu qu'il en eût été l'ame, comme il l'a été de toute cette grande action. J'aurois voulu le voir courir dans tous les rangs,

> Sur un Courſier fougueux, plus léger que les vents, *Henriade. Liv. 8.*
> Qui fier de ſon fardeau, du pied frappant la terre,
> Appelle les dangers, & reſpire la Guerre.

Et n'appréhendez pas, Monſieur, que la gloire de notre grand Monarque en eût ſouffert. Semblable à celle du Soleil, elle ſe communique aux autres Aſtres, ſans s'épuiſer. Le Très-haut ne ſe repoſe-t'il pas ſur ſes Miniſtres du ſoin de ſa vengeance? Ecoutez ce que dit M. Flechier, dans une pareille occaſion, en parlant d'un autre Louis, & d'un autre Maréchal de Saxe. C'eſt M. de Turenne.

« Pour récompenſer tant de vertus par quelque honneur extraordinaire, il falloit trouver un grand Roi, qui crût ignorer quelque choſe, & qui fût capable de l'avouer. Loin d'ici ces flateuſes maximes, que les Rois naiſſent habiles & que les autres le deviennent; que leurs ames privilégiées ſortent des mains de Dieu, qui les crée, toutes ſages & intelligentes; qu'il n'y a point pour eux d'eſſai ni d'apprentiſſage; qu'ils ſont vertueux ſans travail, & prudens ſans expérience. Nous vivons

Flechier, Oraiſon funeb. de Turenne.

„ ſous un Prince, qui tout grand & tout éclairé qu'il eſt,
„ a bien voulu s'inſtruire pour commander; qui dans la
„ route de la gloire a ſçu choiſir un guide fidéle, & qui
„ a cru qu'il étoit de ſa ſageſſe de ſe ſervir de celle d'au-
„ trui. Quel honneur pour un Sujet d'accompagner ſon
„ Roi, de lui ſervir de conſeil, &, ſi je l'oſe dire, d'exem-
„ ple dans une importante conquête! honneur d'autant
„ plus grand que la faveur n'y put avoir part; qu'il ne
„ fut fondé que ſur un mérite univerſellement connu; &
„ qu'il fut ſuivi de la priſe des Villes les plus conſidéra-
„ bles de *la Flandre.* „

Mais examinons de plus près votre combat. D'abord vous rangez vos Troupes en Bataille, vous placez vos Lieutenants Généraux, vous ſonnez la charge. *La mort frappe à coups redoublés une foule innombrable;* & tout d'un coup, ſans ſçavoir pourquoi, *pour Cumberland le Dieu Mars ſe déclare.* Sur le champ vous faites marcher la Maiſon du Roi, les Carabiniers, la Gendarmerie & les Dragons, & *l'Anglois eſt abbattu.* Encore faut-il en deviner la moitié dans les Notes. Je n'examine point combien ce récit eſt peu fidéle hiſtoriquement. Je me reſerve à en parler ailleurs. Je ne l'enviſage que poëtiquement, & je me plains de n'y pas trouver le fil & la ſuite d'une grande action, qui doit intéreſſer par ſon appareil, effrayer par le danger & la difficulté, raſſurer & enfler le cœur par le plaiſir de la Victoire; enfin ce que M. Maſcaron appelle ſi éloquemment *les dehors de la Guerre,* c'eſt-à-dire, *le ſon des inſtrumens, l'éclat des armes, l'ordre des Troupes, le ſilence des Soldats, l'ardeur de la mêlée, le commencement, le progrès & la conſommation de la Victoire.*

Oraiſon funebre de Turenne.

Vous connoiſſez ſans doute le Poëme de M. Addiſſon, intitulé *La Campagne.* Je m'attendois, pour moi, que votre Poëme devoit avoir néceſſairement la même ſupériorité ſur le ſien, que les armes de la France à Fontenoy ont eu ſur celles d'Angleterre. Mais pourquoi faut-il qu'*Apollon* n'ait pas ſuivi l'exemple de *Mars?* Et pourquoi ne peut-on pas dire de vous ce que Patercule diſoit de Ciceron: " C'eſt à lui à qui nous avons l'obli-
„ gation de n'être pas vaincus par l'eſprit & les talens de

„ ceux que nos armes ont domté. *Is effecit ne quos armis viceramus, eorum ingenio vinceremur.* Cet Ouvrage fameux qui mérita ſur le champ à ſon Auteur un Poſte de confiance, qui fut un des degrés par leſquels il s'éleva à la place de Sécrétaire d'Etat, n'étoit pas l'ouvrage de *deux jours*, mais de pluſieurs mois.

Rappellez-vous quelle terreur il excite dans l'ame, lorſqu'il pointe *ces batteries meurtrières*, & qu'il diſpoſe ces *tubes d'airain, dans le ſein deſquelles repoſent mille tonnerres... les ſons aigus de la Trompette ſont noyés dans le bruit ſourd & confus des Tymbales... Les deux Armées s'ébranlent... C'eſt d'un pas ferme & majeſtueux, & dans une pompe affreuſe, que les longs Eſcadrons traverſent la Plaine... La mort terrible dans ſes approches excite une horreur inquiéte dans les cœurs des plus braves; mais ces cœurs agités & inquiets, ſoupirent toujours après le combat, & la ſoif de la gloire étouffe l'amour de la vie... O ma Muſe!* s'écrie le Poëte, *quels accords pourras-tu trouver pour chanter le choc impétueux des deux armées? Je crois entendre les ſons tumultueux du Tambour. Les cris des Vainqueurs ſe mêlent aux gémiſſemens des mourans. Le fracas du Canon fend la voute de l'air, & tout le Tonnerre de la Bataille ſe réveille.* C'eſt au milieu de ces horreurs qu'il dépeint ſon Héros tranquille. Il lui fait *examiner la ſcene horrible de la Guerre, & contempler d'un œil Stoïque le Champ de la mort. Il envoye aux Eſcadrons épuiſés un ſecours propice; il inſpire aux Bataillons rebutés, de ranimer leur audace, & apprend au Combat, encore douteux, où doivent tomber ſes efforts. Ainſi, lorſque le Miniſtre de la vengeance du Très-haut, par un orage affreux ébranle une terre coupable, d'un front calme & ſerein il conduit l'ouragan terrible; & glorieux d'exécuter l'ordre du Tout-Puiſſant, monté ſur le tourbillon, il dirige la Tempête.*

C'eſt dans ma Proſe languiſſante que je tâche de rendre les plus beaux Vers, qui peut-être ayent été faits depuis Homère & Virgile. C'eſt dommage que quelques traits trop durs & trop amers, répandus dans ce bel Ouvrage, ne permettent pas de le faire connoître en France. Je ne connois perſonne plus en état que vous-même, de lui rendre juſtice. Mais j'ai honte de vous citer plus long-tems pour modéle un Auteur qui parle la même langue que nos Ennemis. Je vous rappelle donc à vos Juges naturels, & parmi eux j'en vais choisir un, que je vous défie de recuser. C'est vous-même.

Recuse si tu peux, & choisi si tu l'oses.

Comparons la Bataille de *Fontenoy* à la Bataille d'*Ivry*, au huitiéme Livre de la Henriade. Quelle différence dans les Portraits, les Comparaisons, les Descriptions, enfin dans tout ce qui constituë la Poësie de l'une & de l'autre? Je sçais bien que vous m'allez dire qu'il y a une grande différence entre un Poëme historique, tel que le vôtre, & un Poëme épique, où les événemens & les situations sont libres; que *la proximité des tems, la notoriété publique, la solidité du sujet, ôtoient à votre génie toute liberté d'invention*; qu'il est vrai que *Lucain n'osant s'écarter de l'Histoire, a rendu par-là son Poëme sec & aride, & qu'il a caché trop souvent cette sécheresse sous de l'enflure*; mais que ces défauts sont plutôt ceux de l'Ouvrage que de l'Ouvrier. Mais qui vous empêchoit d'attendre que la Renommée vous eût instruit des particularités? Je connois quelques événemens de cette illustre Action, qui, graces à votre précipitation, vont être ensévelis dans *l'oubli*, dont vous auriez pû les *arracher*, & qui cependant auroient pû figurer avec les situations les plus intéressantes de la Henriade. Enfin au défaut du détail, qui vous empêchoit de louer les corps entiers, omis ou négligés dans votre ouvrage? C'étoit-là le vrai moyen d'éviter les mécontens. Pourquoi le Régiment de *Normandie*, par exemple, qui a eu tant de part à cette affaire, & dont le nom semble fait pour triompher des Anglois, est-il oublié tout-à-fait? Pourquoi les *Carabiniers, cités avec éloges dans la Lettre du Roi*, ne se trouvent-ils chez vous que dans une Note? Pourquoi *la Maison du Roi* est-elle louée si superficiellement, que l'on peut vous reprocher avec raison, qu'elle est bien mieux traitée par un Ennemi? c'est l'Auteur Anglois que je vous citois tout-à-l'heure. Chez vous, c'est *un Peuple de Héros, dont la foule s'avance*; chez lui, c'est *cette Troupe altière, la terreur de l'Europe, & l'orgueil de la France, dont chaque Soldat renferme dans son sein tout l'art de la Guerre,*

Essai sur la Poësie Epique.

& brûle de l'ardeur de la Victoire qui enflamme un Général.

Mais entrons dans le détail de la comparaison que je vous ai promise. Voici la Description du Combat de Fontenoy.

Le signal est donné par cent bouches d'airain ; *POEME de Fontenoy.*
D'un pas rapide & ferme, & d'un front *inhumain,*
S'avance vers nos rangs la profonde Colomne,
Que la terreur devance, & la flamme environne.
Tel qu'un nuage épais, qui sur l'aîle des vents,
Porte l'éclair, la foudre, & la mort dans ses flancs.
Les voilà ces Rivaux du grand nom de mon Maître,
Plus *farouches* que nous, & moins vaillans peut-être; *Peut-être avant l'action ; Sans doute après.*
Fiers de tant de Lauriers moissonnés autrefois :
BOURBONS, voici le tems de venger les VALOIS.
La mort de tous côtés, la mort insatiable,
Frappe à coups redoublés une foule innombrable ;
Chefs, Officiers, Soldats, l'un sur l'autre entassés,
Sous le fer expirans, par le plomb renversés,
Poussent les derniers cris en demandant vengeance.

J'avoue que je reconnois ici quelques traits de la main qui crayonna les vertus du *Grand Henry*. J'y retrouve le ton de la Poësie, pour ainsi dire, & le Méchanisme d'un homme accoutumé à faire de bons vers. Mais cet (*a*) *Esprit Divin*, selon l'expression d'Horace, cette flamme féconde qui échauffe & qui vivifie, je ne l'y trouve plus ; ou si j'en apperçois encore quelques traces, ce n'est qu'une vaine lueur réflechie du feu de la *Henriade*, qui a plus d'éclat que de chaleur & de vivacité. Transcrivons quelques endroits ressemblans de ce dernier Ouvrage.

Description d'une Marche.

Des nuages épais que formoit la poussière, *Henriade 6.*
Du Soleil dans les champs déroboient la lumière ;
Des Tambours, des Clairons, le son rempli d'horreur,
De la mort qui les suit étoit l'avant-coureur :
Tels des Antres du Nord échapés sur la terre,
Précedés par les vents, & suivis du tonnerre,
D'un tourbillon de poudre obscurcissans les airs,
Les orages fougueux parcourent l'Univers.

(a) *Ingenium cui sit, cui mens divinior, atque os Magna sonaturum, des nominis hujus honorem.* Hor. Sat. 4. Lib. 1.

Choc de deux Armées.

Henriade 8.

Sur les pas des deux Chefs alors en même-tems
On voit des deux Partis voler les Combattans.
Ainsi lorsque des Monts séparés par Alcide,
Les Aquilons fougueux fondent d'un vol rapide;
Soudain les flots émus de deux profondes Mers,
D'un choc impétueux s'élancent dans les airs;
La terre au loin gémit, le jour fuit, le Ciel gronde,
Et l'Africain tremblant craint la chûte du Monde.

Description de la Mêlée.

Henriade 8.

On se mêle, on combat: l'adresse, le courage,
Le tumulte, les cris, la peur, l'aveugle rage;
Le désespoir, la mort, l'ardente soif du sang,
Par-tout, sans s'arrêter, passent de rang en rang.

. . . . . .

La Nature en frémit, & ce rivage affreux
S'abreuvoit à regret de leur sang malheureux.

Autre.

Henriade 6.

Alors on n'entend plus ces foudres de la Guerre,
Dont les bouches de bronze épouvantoient la terre.
Un farouche silence, enfant de la fureur,
A ces bruyans éclats succéde avec horreur.
D'un bras déterminé, d'un œil brûlant de rage,
Parmi ses Ennemis chacun s'ouvre un passage.

. . . .

Les Assiégeans surpris sont par-tout renversés,
Cent fois victorieux, & cent fois terrassés.
Pareils à l'Océan poussé par les orages,
Qui couvre à chaque instant, & qui fuit ses Rivages.

J'avertis ici, que pour que la comparaison fût exacte de tous côtés, il faudroit lire de suite dans la Description de la Bataille d'Ivry, ces morceaux épars que je rassemble, si l'on veut y trouver ce fil & ce progrès d'une Action intéressante que je n'apperçois point dans celle de Fontenoy. En second lieu, ce qui est impossible, il faudroit apporter à la lecture d'un événement arrivé il y a plus de cent cinquante ans, les mêmes dispositions que l'on doit avoir naturellement pour un événement qui nous touche & dont nous faisons partie. N'ai-je donc pas lieu de me plaindre, si, malgré tous ces désavantages, des lambeaux décousus sont non-seulement plus brillans, mais portent encore les marques des ornemens qu'on leur a dérobé, pour déguiser sa pauvreté? Et ne disons pas que les mêmes situations auront amené le même tour, & fait naître les mêmes idées. On avoit bien fait des descriptions de Batailles avant que vous fissiez celle de *Nerva*, dans l'histoire de Charles XII. & sans doute que quand vous serez arrivé à cet endroit de la Vie de notre Grand Monarque, vous retrouverez encore de nouvelles couleurs pour celle de *Fontenoy*.

Mais poursuivons. La chose deviendra encore plus sensible dans la suite. La description d'une bayonnette n'est point une matière plus Poëtique que celle d'un Combat de Dragons. Quelle différence cependant dans l'exécution de l'une & de l'autre! Voici la première.

Au mousquet réuni le sanglant coutelas *Henriade 8.*
Déja de tous côtés porte un double trépas.
Cette Arme que jadis, pour dépeupler la terre,
Dans Bayonne inventa le Démon de la guerre,
Rassemble en même tems, digne fruit de l'Enfer,
Ce qu'ont de plus terrible & la flamme & le fer.

L'usage, l'origine, le nom même, tout est peint, tout est ennobli. Voici la seconde.

Chevreuse à cette attaque *horrible & meurtrière*, *POEME de Fontenoy.*
Fait voler cette Troupe *& si prompte & si fière*,
Qui tantôt de *pied ferme* & tantôt *en courant*
Donne de deux Combats le spectacle effrayant.

La comparaison des Chasseurs Numides, vaut-elle celle des chiens de Chasse qui poursuivent un sanglier? Voici les Chasseurs.

C'est ainsi que l'on voit dans les Champs des Numides *POEME de Fontenoy.*
Différemment armés des Chasseurs intrépides;
Les Coursiers écumans franchissent les guérets;
On gravit sur les monts, *on* borde les forêts:
L'un *attend*, l'autre vole, & *de sang sont trempées*
Les fleches, les épieux, les lances, les épées;
Et les *Lions* sanglans percés *de coups divers*,
D'affreux rugissemens font retentir les airs.

Voici la comparaiſon des chiens; comparaiſon d'autant plus ingénieuſe que vous ne pouviez pas ſeulement nommer ces animaux qui en font le ſujet. Mais que vous les avez heureuſement exprimés !

Henriade 6.

Tels au fond des forêts précipitant leurs pas,
Ces animaux hardis, nourris pour les combats,
Fiers eſclaves de l'homme, & nés pour le carnage,
Preſſent un Sanglier, en ranimant la rage,
Ignorant le danger, aveuglés, furieux,
Le cor excite au loin leur inſtinct belliqueux;
Les antres, les rochers, les monts en retentiſſent.

Oppoſons maintenant le portrait que vous faites des Courtiſans à celui que vous en aviez déja fait dans la Henriade. Voici celui de la Henriade.

Henriade 3.

Des Courtiſans François tel eſt le caractère :
La paix n'amollit point leur valeur ordinaire;
De l'ombre du repos ils volent aux hazards;
Vils flateurs de la Cour, Héros au champ de Mars.

Voici celui de la Bataille de Fontenoy.

POEME de Fontenoy.

Comment ces Courtiſans, *doux*, *enjoués*, *aimables*,
Sont-ils dans les combats des Lions indomptables ?
Quel mélange *étonnant* de graces, de valeur !

Décidez vous-même, Monſieur, entre ces enfans de votre imagination, & jugez ſi les cadets ſont dignes de leurs aînés. Je n'ai garde de dire de vous, après vous avoir comparé à vous-même, ce que vous dites de Pradon après l'avoir comparé à Racine; mais je vous avoue que je n'aime pas voir un grand génie ſe replier ainſi ſur lui-même, ſur-tout lorſque les ſeconds efforts ne ſont point au-deſſus des premiers. Ne vous fiez pas trop, Monſieur, ſur votre réputation. Une grande réputation eſt un gros patrimoine, que des dépenſes inconſidérées peuvent diſſiper. Il eſt permis tout au plus de dépenſer ſon revenu, mais jamais d'en riſquer le fonds. Eſt-ce vous ménager vous-même, ou reſpecter le Public, que de le rendre le témoin & le confident de vos (*a*) corrections ? Ce n'eſt pas la

Préface de Mariamne.

(*a*) En huit jours on a fait cinq Editions différentes, toutes chan-

première fois, je le sçais, que par d'heureuses métamorphoses, la pierre brutte est devenue entre vos mains un diamant précieux. Mais j'en croirai Waller après Horace, & je dirai avec tous les deux, que *les plus grands Auteurs perdroient beaucoup de l'estime que nous avons conçu pour eux, si nous pouvions appercevoir ce que dérobent à nos yeux leurs prudentes ratures.* Waller au Comté de Roscommon.

Après vous avoir vengé de l'injure Poëtique que vous vous faites à vous-même; je vais présentement vous attaquer sur celle que vous faites aux autres.

L'Anglois est abbatu,

Dites-vous,

Et la férocité le céde à la vertu.

C'est remplir, ce me semble, assez exactement les fonctions de la Chevalerie errante, que de vouloir ainsi vous attaquer & vous défendre tour à tour *envers & contre tous.* Mais ceci s'adresse à l'Historiographe de France.

De tous les préjugés, les plus injustes & même les plus honteux sont ceux qui tombent sur des nations entières. Est-il croyable que le délicat Bouhours ait demandé sérieusement s'il étoit possible qu'un Allemant eût de l'esprit? & s'il ne l'a pas fait sérieusement, où est le mot pour rire? J'ai été pénétré de douleur qu'and j'ai lû pour la première fois dans les Mémoires de M. *Dugué*, que ce grand homme avoit naturellement de l'aversion pour un Anglois. Je ne me suis reconcilié avec lui, que lorsqu'il avoue que c'étoit une foiblesse dont il n'étoit pas le maître. Après la bravoure, dit M. de Tourreil, il n'y a rien de plus brave que l'aveu de la poltronnerie. *Entret. Arist. & Eugene. Voyez Mémoires de Dugué-Trouin.*

La rivalité des deux peuples est aussi ancienne que les deux Monarchies. Différentes causes & différens intérêts ont servi à la nourrir & à la fomenter de siécle en siécle. Mais je ne vois pas ce qui a pû donner occasion au reproche de *férocité* qu'on fait aux Anglois, reproche même qui est plus nouveau qu'on ne pense, à moins qu'on

gées, augmentées, abregées & retranchées, du Poëme & des Notes instructives sur la Bataille de Fontenoy. Les Commentateurs futurs des Ouvrages de M. de Voltaire seront bien embarrassés un jour à concilier ensemble toutes ses Variantes.

ne s'imagine que la *fureur* & la *férocité* des anciens Normans ait passé chez eux avec Guillaume le Conquérant. Aussi-bien une fameuse Satyre Angloise (*b*) leur reproche de n'être tous aujourd'hui que des François, c'est-à-dire, des Normans.

Les Anglois se battent bien; ils ensanglantent souvent le Théâtre: ils mangent la viande moins cuite qu'en France; donc les Anglois sont sanguinaires; donc ils sont *naturellement féroces*, comme dit M. Flechier; donc ils sont *farouches & inhumains*, comme le prétend M. de Voltaire. Je pardonnerois à un Historien prévenu ou mal instruit, à un Ecrivain de parti, de mettre sur le compte de la férocité des Anglois la valeur qu'ils ont toujours montrée depuis l'intrépide résistance qu'ils ont fait autrefois à tous les efforts de *Jules-César*, jusqu'à leur défaite à Fontenoy par LOUIS XV. Je consens qu'un Géographe oisif qui s'est mis en tête de caractériser tous les Peuples de l'Univers, & qui dans trois lignes prétend avoir tracé les mœurs de toutes les Bourgades de la France & de toutes les Provinces de la Chine; je consens, dis-je, qu'un pareil Ecrivain, en faisant sa ronde, distribue aux Anglois cinq ou six Epithétes hazardées, qu'il appliquera peut-être avec autant de raison deux pages après aux Peuples de la Laponie & du Japon. Mais lorsque M. Flechier devant l'auditoire le plus poli & le plus respectable de l'Univers, trouve le moyen de relever la modération & l'humanité de M. de Turenne, parce qu'*à la Bataille des Dunes on le vit arracher les armes des mains des Soldats étrangers, qu'une férocité naturelle acharnoit sur les vaincus*; lorsque M. de Voltaire, le partisan déclaré des Anglois, est le premier à les taxer d'être *farouches, féroces & inhumains*; ces paroles dans leurs bouches ont trop l'air d'une opinion reçûe & établie, pour ne pas mériter qu'on en recherche l'origine. Et quel mal y auroit-il, si l'on venoit à découvrir qu'elle est mal fondée? Ne seroit-ce pas autant de gagné pour la vérité & pour la nature? Commençons d'abord par M. Flechier, & par le récit histo-

Oraison funebre de M. de Turenne.

(a) *But that the Svvord Should be so Civil*
To make a Frenchman English-that's the Devil.
True-born Englishman.

rique de cette fameuſe Bataille des Dunes. Il ſervira peut-être à jetter du jour ſur cette matière.

Selon le traité fait entre le Roi & Cromwel, les François devoient conquérir cette place, alors entre les mains des Eſpagnols, pour la remettre aux Anglois. Milord Lockart, à la tête de ſix mille hommes de ſa nation, ſe joignit aux Troupes du Vicomte de Turenne, tandis qu'une flotte Angloiſe de vingt vaiſſeaux fermoit l'entrée du Port, & battoit la Ville du côté de la Mer. Le ſecours commandé par Dom Jean d'Autriche & le Prince de Condé, ne fut pas long-tems à paroître. Les Aſſiégeans ſortirent de leurs lignes, & allèrent rencontrer les Eſpagnols auprès *des Dunes.* Le principal effort tomba ſur les Anglois. Ils le ſoutinrent avec une valeur, ou plutôt une *fureur* & une *férocité* incroyable. Ce qui les animoit étoit la vûe des Ducs d'York & de Gloceſtre, fils de l'infortuné Charles premier, qui commandoient dans l'Armée Eſpagnole un corps de leurs fidéles Sujets, & venoient venger ſur ces rebelles le meurtre de leur père. Leurs efforts furent inutiles, auſſi-bien que ceux de Dom Jean & du Prince de Condé. Dom Jean avoit mis pied à terre, & la pique à la main, il ſe mêloit parmi les Bataillons Ennemis; & pour le Prince de Condé, lors même qu'il fallut ſe retirer, il ne le fit que le dernier, & couvert de ſang & de pouſſière: il faiſoit face de tous côtés, & arrêtoit dans ſa retraite ces vainqueurs furieux.

La Ville cependant ne ſe rendit point pour cela; elle ne fut priſe que quelques jours après: le brave Marquis de Leyde, qui en étoit Gouverneur, ayant été tué à une vigoureuſe ſortie qu'il fit à la tête de preſque toute ſa garniſon, le Roi, qui avoit été témoin de la Bataille & du Siége, prit poſſeſſion de la Ville, & la remit entre les mains de Lockart pour Cromwel. Telle fut l'iſſue du fameux Siége de Dunquerque & de la Bataille des Dunes, l'une des plus mémorables dont l'hiſtoire faſſe mention par les actions de valeur qui s'y firent, par la qualité des perſonnes qui y aſſiſtèrent, & par la ſingularité de l'entrepriſe. Un Roi de France qui fait la Conquête d'une de ſes plus fortes places & d'un des plus beaux Ports de ſon Royaume par ſa ſituation, pour les remettre entre les mains des Anglois & d'un vil usurpateur ; l'héritier présomptif de la Couronne d'Angleterre qui risque sa vie mille fois pour l'empêcher d'en venir à bout ; des Sujets traîtres & rebelles combattant contre le sang de leur Roi ; un Prince du Sang de France attaquant & défiant le sien ; Dom Jean d'Autriche forçant & abatant tout devant lui avec la vigueur & la vivacité Françoise ; M. de Turenne avec tout le flegme & la sagesse Espagnole disposant tout de sang froid dans la chaleur même de l'action : enfin un grand Roi accompagné de son Frère & de son principal Ministre, témoin de cette grande action, & animant également ses Sujets & ses Ennemis par sa présence.

Je me suis arrêté à dessein sur le détail de cet événement, parce que j'ai cru y remarquer quelques traits ressemblans à celui du 11. de Mai. Il est aisé d'en conclure que ce qui a donné lieu au reproche de *férocité*, étoit les spectacles affreux que les Anglois venoient de donner à tout l'Univers. Trois Royaumes pendant soixante ans teints du sang de leurs propres Habitans, un Roi & une Reine conduits sur un échaffaut, étoient des choses qui faisoient frissonner la nature, & qui devoient attirer à bon droit aux coupables auteurs de ces crimes des noms encore plus forts que ceux de féroces & de barbares. Mais ce reproche après tout n'auroit-il pas dû tomber plutôt sur les tems, que sur la Nation en général. En bonne foi, les François d'alors étoient-ils bien sages ? Ne pourroit-on point dire qu'un esprit de vertige s'étoit emparé de tous les Peuples de l'Europe ? Ou plutôt ne faudroit-il pas dire, que *Dieu avoit permis aux vents & à la mer de gronder & de s'émouvoir, & que la tempête s'étoit élevée ?* La nouvelle de la mort de Charles premier arriva à Paris le jour même des Barricades, & ne servit pas peu à rallentir la *fureur* & la *férocité* du Peuple.

Flechier Oraison Funeb. de Tellier.

Mais pourquoi les Anglois, dira-t-on, ont-ils toujours aimé & aiment-ils encore le sang & les choses atroces sur la scène ? Ecoutons là-dessus l'opinion d'un Etranger désintéressé, opinion adoptée par le nouveau Traducteur de leur théatre : „ Les Anglois, dit *M. Riccoboni*, sont doux, „ humains, polis même ; mais communément pensifs à „ l'excès ; le fond de leur caractère est de se plonger dans

Réflex. sur différens Théatres de l'Europe.

„ la

„ la (*a*) rêverie. Si l'on donnoit ſur leur Théâtre des Tragédies dans le goût des meilleures & des plus exactes, „ c'eſt-à-dire, de celles qui ſont dénuées de ces horreurs „ qui ſouillent la ſcène par le ſang, les ſpectateurs s'endormiroient peut-être. L'expérience que les premiers Poëtes „ Dramatiques auront faite de cette vérité, les aura obligé à établir ce genre de Tragédie, pour les faire ſortir „ de leurs rêveries par des grands coups qui les reveillent.

On peut rendre la même raiſon de quelques autres uſages aſſez communs à Londres, comme les combats des Coqs, des Gladiateurs, &c. Voici ce qu'en dit *M. l'Abbé Dubos* dans ſon excellent Livre des *Réflexions Critiques ſur la Poëſie & ſur la Peinture*. Son témoignage eſt d'autant plus reſpectable, qu'il joignoit à un goût exquis, une expérience acquiſe dans preſque toutes les Cours de l'Europe, & un fond de raiſon & de droiture qui ont mérité qu'une grande Princeſſe le chargeât de ſoutenir ſes intérêts au fameux Congrès d'Utrecht.

„ Nous avons, dit-il, dans notre voiſinage un Peuple tellement avare des ſouffrances des hommes, qu'il „ reſpecte encore l'humanité dans les plus grands ſcélérats. „ Il a mieux aimé que les criminels échapaſſent ſouvent „ aux châtimens que l'intérêt de la ſociété civile demande qu'on leur faſſe ſubir, que de permettre qu'un innocent pût être jamais expoſé à ces tourmens dont les „ Juges ſe ſervent dans les autres Pays Chrétiens pour „ arracher aux accuſés l'aveu de leurs crimes. Tous „ les ſupplices dont il permet l'uſage, ſont de ceux qui „ tuent les condamnés ſans leur faire ſouffrir d'autre peine que la mort. Néanmoins, ce Peuple ſi reſpectueux „ envers l'humanité, ſe plaît infiniment à voir les bêtes „ s'entre-déchirer. Il a même rendu capable de ſe tuer „ ceux des animaux à qui la nature a refuſé des armes „ qui puſſent faire des bleſſures mortelles à leurs ſemblables; il leur fournit avec induſtrie des armes artificielles „ qui bleſſent facilement à mort. Le Peuple, dont je parle, „ contemple encore avec tant de plaiſir des hommes payés

Réflex. critiques ſur la Poëſie & la Peinture, tome I. ſect. 2.

(*a*) Les Anglois penſent profondément, *dit la Fontaine*,
Même les chiens de leur ſéjour
Ont meilleur nés que n'ont les nôtres.

„ pour cela, ſe battre juſqu'à ſe faire des bleſſures dan-
„ gereuſes, qu'on peut croire qu'il auroit de véritables
„ Gladiateurs à la Romaine, ſi la Bible défendoit un peu
„ moins poſitivement de verſer le ſang des hommes hors
„ le cas d'une abſolue néceſſité.

Ce ſont les loix d'un Pays qui font foi de ſon caractère: il n'y en a point où la vie des hommes ſoit plus ménagée qu'en Angleterre. Mais le ſuicide n'y eſt-il pas commun? A cela je réponds que quand il ſeroit auſſi commun qu'on l'imagine d'ordinaire, cela ne concluroit rien. Ceux qui ſont les plus prodigues de leur propre vie, ne le ſont pas pour cela de celle des autres. Les Romains qui ſe tuoient ſi volontiers, avoient des loix on ne peut pas moins ſanguinaires. Ciceron fut taxé pour avoir fait *mourir* les conjurés de Catilina. Enfin, il n'y a pas juſqu'aux voleurs Anglois qui ne ſoient plus honnêtes & plus courtois, pour ainſi dire, que par-tout ailleurs; car en prenant la bourſe, ils n'attentent jamais à la vie.

Qui a donc pû engager M. de Voltaire, témoin de tous ces uſages, connoiſſant les Anglois & l'Angleterre, où il a été ſi fêté, à venir aujourd'hui les traiter de *féroces*, de *farouches*, & d'*inhumains*? Que les tems ſont changés! Où eſt le tems, Monſieur, que ſur la mort d'une Comédienne, vous attaquiez le ſacré & le profane pour les louer? Que vous plaignant

Sur la mort de Mademoiſelle le Couvreur

Que le foible François s'endormoit ſous l'empire
De la ſuperſtition.

Vous demandiez,

Quoi! n'eſt-ce donc qu'en Angleterre,
Que les mortels oſent penſer?
Exemple de l'Europe, ô Londre! *heureuſe terre*,
Ainſi que vos *Tyrans* vous avez ſçû chaſſer
Les *préjugés honteux* qui nous livrent la guerre.

Vous trouviez que,

Quiconque a des talens, à Londre eſt un grand homme:
Le genie étonnant de la Grece & de Rome,
Enfant de l'abondance & de la liberté,
Semble après deux mille ans chez eux reſſuſcité.

Et vous adressant à Mademoiselle Sallé qui étoit alors en Angleterre, vous lui disiez,

> Dans tes nouveaux succès reçois avec mes vœux,
> Les applaudissemens d'un *Peuple respectable*,
> De ce Peuple puissant, fier, libre, *généreux*,
> *Aux malheureux propice*, aux beaux Arts favorable:
> Du Laurier d'Apollon dans nos stériles Champs
> La feuille négligée est désormais flétrie.
> Dieux! pourquoi mon Pays n'est-il plus la Patrie
> Et de la Gloire & des Talens?

Pour tout Commentaire à cette belle tirade, je vous renvoye à la Fable de la Chauve-Souris (*a*) de la Fontaine; pourvu cependant qu'elle ne soit pas une de celles que vous avez *déchiré* avec *le gros Recueil.*

Dans le glorieux emploi dont je me suis chargé, *de redresser les torts des Nations affligées*, je me trouve naturellement dans un grand embarras, parce qu'en épousant leurs intérêts, je dois prendre aussi leur caractère, & jouer, pour ainsi dire, leur personnage; & que dans ce cas, la raison qui voudroit que vous ayez tort, ne me permettroit pas tout-à-fait d'avoir raison. Tel est l'endroit où, quand *l'Anglois est abattu*, vous faites venir

> Clare, avec l'Irlandois, qu'animent nos exemples.

Voyons quel biais nous pourrons donner à la chose, pour vous faire concevoir ce que je veux dire.

A la fameuse Journée de Crémone, où cette Ville fut, pour ainsi dire, arrachée des mains du Prince Eugéne, qui s'en étoit rendu maître la nuit par surprise, deux Régimens Irlandois se distinguèrent beaucoup. M. de Mahoni, Capitaine dans un de ces Régimens, fut dépêché par Monsieur de Revel pour porter au Roy la nouvelle de

(*a*) Moi Souris! Des méchans vous ont dit ces nouvelles:
Je suis Oiseau, voyez mes aîles;
Vive la gent qui fend les airs!
. . . .
Qui fait l'Oiseau? C'est le plumage.
Je suis Souris. Vivent les Rats!
Jupiter confonde les Chats. *Voyez les Fables de la Fontaine.*

cette glorieuſe Affaire ; il s'acquitta de ſa Commiſſion en homme d'eſprit, & n'omit rien de tout le détail, excepté les louanges qui pouvoient naturellement tomber ſur ſa petite troupe. *Monſieur*, lui dit Louis XIV. avec cet air de grandeur & de bonté qu'il ſçavoit ſi bien mêler enſemble, *vous ne me dites rien de mes Irlandois, vos braves Compatriotes ?* SIRE, répondit M. de Mahoni, *ils ont ſuivi l'exemple des Sujets de Votre Majeſté.* Il appartenoit à la modeſtie de M. de Mahoni de répondre ainſi ; & il appartenoit auſſi à la grandeur d'ame du plus Grand des Monarques de lui faire cette queſtion obligeante, & de lui donner des marques de la ſatisfaction qu'il avoit de ſes ſervices, auſſi-bien qu'à tous les Officiers qui s'étoient diſtingués, & dont quelques-uns vivent encore aujourd'hui.

Je crois qu'à préſent vous devinez à peu près, ce que je ne voulois pas vous expliquer tout-à-l'heure. Eh bien, Monſieur, je ſuis devenu plus hardi ; & j'oſe maintenant vous dire, ſans crainte d'en être démenti, que pour ſervir le Roi, & pour mourir ſous ſes yeux, les Irlandois n'ont beſoin de l'exemple de perſonne, & qu'ils ne le céderont pas même aux Sujets naturels de Sa Majeſté.

Une choſe que perſonne n'a pû comprendre dans votre Poëme, c'eſt la raiſon pourquoi vous faites venger par les Suiſſes la mort de M. le Chevalier *Dillon*. Eſt-ce que vous ſeriez aſſez peu au fait de l'Hiſtoire du Pays, pour ignorer qu'il étoit Irlandois ? ou, ce qui paroît plus vraiſemblable, ſeroit-ce qu'inſtruit des Exploits du Père, vous auriez été tellement jaloux de la gloire du Fils, que ne vous fiant pas aſſez de ſa vengeance à ſes Compatriotes, vous en auriez chargé les Suiſſes ? Eh ! pourquoi envier à ſon Régiment, & même à près de quatre-vingt Officiers, & quatre cens Soldats de la Brigade, la gloire d'être morts pour le Roi, & pour lui ?

Je rends juſtice de tout mon cœur à la ſageſſe, la probité & la valeur des Suiſſes ; & je ſuis perſuadé que ce Peuple généreux rend la pareille à des Etrangers qui ſervent comme eux ſous les Drapeaux de la France. Mais permettez-moi, M. de vous faire remarquer qu'il n'étoit pas poli, après avoir animé les Irlandois de l'exemple des François, de faire remarquer tout de suite que les *heureux Helvêtiens* étoient *nos antiques amis, & nos Concitoyens...* Selon toutes les régles de la Grammaire & de la Logique, cette phrase est exclusive pour la précédente.

Apparemment que vous avez cherché à réparer par-là l'opprobre que vous avez jetté sur cette Nation respectable, lorsque vous les appellez dans la Henriade des

> Barbares, dont la Guerre est l'unique Métier,
> Et qui vendent leur sang à qui veut le payer. *Henriade.* 10.

Il est inutile de distinguer dans une Note les Suisses d'aujourd'hui des Suisses du tems de la Ligue; car, puisque les Suisses d'aujourd'hui, comme ceux de ce tems-là, servent dans les différens Royaumes de l'Europe, vous laissez dire d'eux, que *la Guerre est leur unique Métier, & qu'ils vendent leur sang à qui veut le payer.* Une insulte qui a besoin d'une Note pour la réparer, est une blessure qui demande une emplâtre. Je suis charmé, *en faisant ma ronde*, d'avoir occasion de *rendre justice* à un Peuple que j'honore, & qu'on attaque injustement.

Mais qui vous a chargé, Monsieur, d'exclure les Irlandois d'être *nos antiques Amis, & nos Concitoyens?* Si l'attachement & les services peuvent mériter ce titre, les Irlandois peuvent le disputer aux Suisses. La dispute sera glorieuse pour les deux Nations, & tout l'honneur en retombera sur la France. Ils se consoleront en attendant avec ce Philosophe de l'Antiquité, qui répondit à ceux qui lui demandoient pourquoi on ne lui avoit point dressé de Statue dans la Place publique; *qu'il étoit plus glorieux pour lui qu'on demandât pourquoi il n'en avoit point, que si, en ayant une, on venoit à demander pourquoi il l'avoit.* Ignoreriez-vous, Monsieur, de quelle façon les Irlandois se sont établis en France? Ne sçavez-vous pas qu'un des articles de la Capitulation de Limerick, la plus belle, selon le P. d'Orleans, qu'on vit jamais; un des articles, dis-je, de cette Capitulation, fut que toutes les Troupes qui tenoient encore pour le Roi d'Angleterre, passeroient en France avec tous leurs effets; & qu'en conséquence, l'Escadre de M. de Château-Renaud y transporta seize mille hommes de Troupes, & un grand nombre de Familles?

La glorieuſe adoption que la France fit alors de ces Exilés volontaires, ne leur donne-t'elle pas droit à ſe regarder, non-ſeulement comme *Amis* & comme *Concitoyens*; mais encore comme *Enfans de la Nation?* *Alors*, dit l'Auteur des Lettres Perſannes, *on vit une Nation entière quitter ſon Pays, ſans avoir d'autre reſſource qu'un talent formidable pour la diſpute.* Je n'ai garde d'enlever aux dignes Suppôts *des Prolégomènes de la Logique*, cette ardeur pour les Combats de l'Ecole, & cette force de poumons qu'ils ont fait briller plus d'une fois avec avantage dans plus d'une Univerſité; mais j'oſerois preſque aſſurer que les ſeize mille hommes qui s'embarquèrent avec M. de Château-Renaud, & qu'on pourroit légitimément appeller *la Nation*, ne ſçavoient guère s'eſcrimer de la langue.

Ce fut donc en 1691. que les Irlandois ceſſèrent d'avoir une Patrie. Depuis ce tems, répandus dans tous les Royaumes de l'Europe, à la richeſſe près, ils reſſemblent aſſez aux Juifs. Diſperſés de tous côtés, ne faiſant cependant qu'une grande famille, quand ils ſe retrouvent, ils ſe rappellent encore le ſouvenir de Sion, & ſoupirent après les rives du Jourdain.

Tels ſur les murs fumans d'Ilion mis en cendre
Les Peuples conſternés des rives du Scamandre,
Les yeux mouillés de pleurs, ſe demandoient entr'eux:
Où donc eſt cette Ville, en beautés ſi féconde,
La Reine des Cités, la Maitreſſe du Monde,
Le Berceau des Héros, & l'Azile des Dieux?
Par des chants immortels, au gré de mon envie,
Que ne puis-je exalter ce Peuple malheureux,
Né pour aimer ſes Rois, & pour mourir pour eux;
Dans le Champ de l'honneur fier d'expoſer ſa vie,
Conquérant au-dehors, Eſclave en ſa Patrie,
(*a*) Favori des neuf Sœurs, doux, généreux, vaillant,
En tous lieux exilé, mais par-tout triomphant?
Oui, ſi les meilleurs vers devoient leur origine
Au feu que d'un beau zèle allument les flambeaux,
Je déſirois les Dieux de la double Colline,
Et jamais Apollon n'en feroit de ſi beaux.

(*a*) Le Comte de Roſcommon, Congreve, Swift, &c. pour la Littérature; Boyle pour la Phyſique, Uſſerius pour la Science univerſelle, & mille autres.

Mais n'admirez-vous pas la confiance avec laquelle je vous présente mes vers, après avoir osé attaquer les vôtres? C'est qu'il est d'une très-petite conséquence que j'en fasse de mauvais ou de bons; au-lieu qu'il ne vous est pas permis d'en faire d'autres que d'excellens: & que c'est un crime de Léze-Majesté Poëtique d'abuser de son crédit & de sa réputation, pour faire passer la fausse monnoye au lieu de la bonne.

Ah! si j'avois hérité de quelques étincelles de ce feu sacré qui vous échaufoit quand vous immortalisiez le Grand Henry, vous me verriez m'écrier dans un enthousiasme plus que Poëtique:

Pour chanter d'un Grand Roi les Exploits inouis,
Muses, réveillez-vous au seul nom de LOUIS;
Ne vantez point en lui l'éclat de sa Couronne;
C'est l'effet du hazard: pour être sur le Trône
Du reste des Mortels on est peu distingué:
LOUIS fuit un éloge à d'autres prodigué.
Mais dites que vaillant, généreux, doux, affable,
Roi sans faste & sans pompe, humain, tendre, équitable;
Capitaine, Soldat, & Monarque à la fois,
C'est le Père du Peuple, & l'exemple des Rois.
Jeune HEROS, cours, vole au sein de la Victoire;
Va combattre & punir le belliqueux Germain;
Arrive, environné de l'éclat de ta gloire,
Pour confondre l'*Autriche*, & fixer son destin;
Laisse parler ton nom, & fait taire ta foudre.
Montre-lui seulement, pour la réduire en poudre,
Le Vainqueur de Fribourg, d'Ypres & de Menin.
Des astres revoltés ainsi la Troupe altière
Voulut du Dieu du Jour éclipser la lumière:
Pour dissiper leur Ligne, il n'eut qu'à se montrer;
Il parut: dans la nuit on les vit tous rentrer.

Le Roi est arrivé à son Armée la veille de la Bataille qu'il a gagnée.

La Devise du Roi est le Soleil.

J'ai l'honneur d'être, &c.

www.ingramcontent.com/pod-product-compliance
Ingram Content Group UK Ltd.
Pitfield, Milton Keynes, MK11 3LW, UK
UKHW032034260826
14628UKWH00006B/2956

9 782019 150945